AF384458

L'ILLVSTRE COMEDIEN,

OV

LE MARTYRE DE SAINCT GENEST.

TRAGEDIE.

A PARIS,

Chez CARDIN BESONGNE, au Palais,
au haut de la Montée de la saincte Chappelle,
aux Roses Vermeilles.

M. DC. XLV.

AVEC PRIVILEGE DV ROY.

Aduis au Lecteur.

L'Autheur ayant esté commandé par son Altesse Royalle de le suiure en son Voyage de Bourbon, n'a peu estre present à l'impression de ce liure, ny mesme faire son Epistre liminaire : ce que le Lecteur excusera quand il sçaura que nous auons eu le soin de faire voir les espreuues à vn Seigneur de condition qui nous l'a rendu fort correct.

Extraict du Priuilege du Roy.

PAr grace & Priuilege du Roy donné à Paris le dernier Auril 1645. signé par le Roy en son Conseil, CROISET, il est permis à Cardin Besongne, Marchand Libraire à Paris, d'imprimer, vendre & distribuer vn liure intitulé, *L'Illustre Comedien, ou le Martyre de sainct Genest* : Et deffences sont faites à toutes sortes de personnes que ce soit de l'imprimer ny faire imprimer, vendre ny debiter pendant le temps de sept ans, sur peine de mil liures d'amende, & de tous despens dommages & interests, comme plus amplement est contenu par lesdites lettres de Priuilege.

Acheué d'imprimer le 8. May 1645.

LES ACTEVRS.

DIOCLETIAN,	Empereur Romain.
AQVILLIN,	Fauory de l'Empereur.
RVTILE,	Conseiller d'Estat de l'Empereur.
GENEST,	Comedien.
ARISTIDE,	Confident de Genest.
ANTHENOR,	Pere de Genest.
PAMPHILIE,	Maistresse de Genest.
LVCIANE,	Sœur d'Anthenor.
DEVX GARDES.	

La Scene est à Rome dans vne Salle du Palais de l'Empereur.

L'ILLVSTRE COMEDIEN,
OV
LE MARTYRE
DE
SAINCT GENEST

TRAGEDIE.

ACTE PREMIER.

SCENE PREMIERE.

Diocletian, Aquillin, Rutile, & deux Gardes.

AQVILLIN.

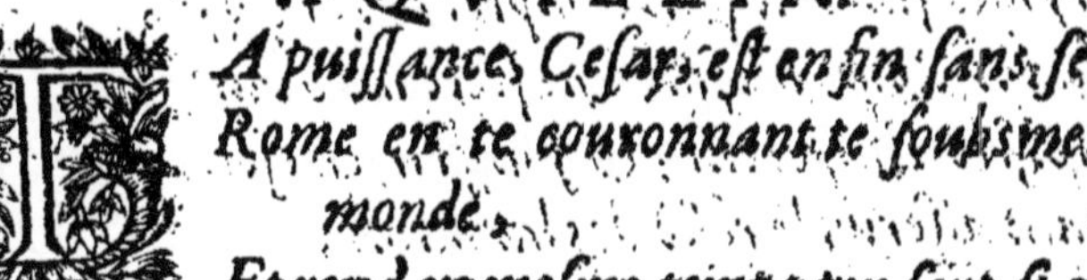

A puissance, Cesar, est enfin sans seconde,
Rome, en te couronnant te soubsmet tout le
monde,
Et rend en mesme temps ton sort si glorieux,
Qua tu ne connois plus de Riuaux que les Dieux;

A

Comme eux tu peux tout perdre, & comme eux tout
    absoudre.
Tes Aigles icy bas sont armez d'vne foudre,
Qu'au gré de tes desirs tu peux mettre en tes mains,
Et comme Iupiter en punit les humains:
Vous commandez tous deux auec mesme aduantage,
S'il regne dans le Ciel, la terre est ton partage,
Et si cent deitez en reuerent les loix,
Tu voids quand il te plaist à tes pieds mille Roys,
Dont le pouuoir defere à ta grandeur supreme,
Et se change en respect deuant ton diadesme,
Les Perses sont deffaits, Carinus est soubsmis,
Horsmis quelque Chrestiens tu n'as plus d'ennemis,
Et cette secte impie alors qu'elle conspire,
Ne s'attaque qu'aux Dieux & non à ton Empire,

DIOCLETIAN.

C'est en vain Aquillin que tu penses flatter,
Vn mal que cet Empire à lieu de redouter,
Puis qu'en choquant les Dieux protecteurs des couronnes,
Il sappe de l'Estat les plus fermes colonnes:
Ie suis grand, il est vray, tout flechit soubs mes loix,
Et parmy mes suiets ie puis compter des Roys,
Mais si dans Rome mesme vne secte me braue,
C'est paroistre Empereur, & souffrir en esclaue,
C'est tenant asseruy le reste des humains,
Au milieu de ma Cour auoir des souuerains.
Leur proiet me dis-tu ne tend pas à l'Empire,

Ils n'en veulent qu'aux Dieux; quel mal peut estre pire?
Et pourquoy pense tu que ces audacieux,
Considerent les Roys s'ils mesprisent les Dieux?
Non, non, ce mal est grand dez qu'il commence à naistre
Il le faut estouffer pour l'empescher de croistre,
Et venger par l'effect de nos iustes arrests
De la Terre & des Cieux les communs interests.

RVTILE

Suspends vn peu, Seigneur, vn decret si seuere,
Donne quelque relasche à ta iuste colere,
Espargne Rome enfin, & par d'autres moyens
Au respect de tes loix range ses citoyens.
Tes boureaux ont sur eux assez fait de carnages
Les gesnes ont assez exercé leurs courages,
Et iusqu'icy tes yeux (equitable Empereur)
N'ont desia que trop veu de spectacles d'horreur.
Ce n'est pas que ie sois du party des rebelles,
Iay trop d'auersion pour les sectes nouuelles,
Comme toy ie condamne, & ie hay les Chrestiens,
Tes desirs sont mes vœux, & mes dieux sont les tiens;
Mais comme les erreurs de cette troupe infame
Sont enfin des deffaux qui s'attachent à l'ame,
Ie treuue que l'on fait d'inutiles efforts
Pour guerir les esprits d'en affliger les corps,
Cette superieure & plus noble partie
Par des effets si bas n'est point assuiettie
Elle braue ses fers, & rit de sa prison,

Pour suiure seulement les loix de la raison:
Elle seule la dompte, elle seule est sa Reine,
Et sur elle, elle seule agit en souueraine,
Pour ranger les Chrestiens aux termes du deuoir.
Vne fois, ô Cesar, sers toy de son pouuoir,
Faits agir la raison, laisse agir les exemples,
Tasche par la douceur de les mener aux Temples,
Et sans plus les forcer, donne leur le loisir,
D'examiner vn peu ce qu'ils doiuent choisir.
L'aspect de tes bourreaux rend leur ame interdite,
Le fer les effarouche, & le sang les irrite,
Au lieu que ta bonté peut remettre leurs sens,
Et faire offrir aux Dieux des vœux & de l'encens.

DIOCLETIAN.

Rutile, ton conseil promet de belles choses,
Mais fais voir les effets de ce que tu proposes,
Et puis que les tourmens ont si peu reüssy,
Tente ce beau moyen dont tu parles icy,
Ie commets à tes soings cette affaire importante,
Ton esprit est adroit, & ta langue eloquente,
Tu n'auras pas fait peu si calmant ma fureur
Tu peux par tes raisons vaincre aussi leur erreur.

AQVILLIN

L'espoir en est fort beau, mais l'effet difficile.

RVTILE

RVTILE.

Il est vray que l'effort en peut estre inutile ;
Et ie ne voudrois pas respondre absolument
Qu'il ayt selon nos vœux vn bel euenement :
Mais on peut sans hazard esprouuer cette voye,
Et ce fidele aduis que le ciel vous enuoye
Pour calmer doucement les esprits furieux,
Et les ranger apres au seruice des Dieux.
Ces arbitres prudens des affaires du monde,
Bien qu'ils soient tout-puissans, veulent qu'on les seconde,
Et se seruent souuent des obiets moins parfaits
Pour produire icy bas d'admirables effets.
Sçache donc, ô Cesar, quelle est mon entreprise,
Tu la croiras d'abord digne qu'on la mesprise ;
Mais si ta Maiesté la peze meurement,
Elle en verra l'adresse auec estonnement.

DIOCLETIAN.

Quel peut estre ce rare & nouueau stratageme
Dont tu veux te seruir.

RVTILE.

      Tu le verras toy-mesme.
Et pourueu qu'à mes soins tu vueilles consentir,
Je pourray m'acquitter & te bien diuertir.

DIOCLETIAN.

Que faut-il pour dompter ces cœurs opiniâtres.

RVTILE.

Changer les efchaffauts en fuperbes Theatres,
Et là, leur faire voir dans la derifion
L'erreur & les abus de leur Religion,
Tu fçais combien, Geneft, cet Illuftre Comique
A de grace & d'addreffe en tout ce qu'il pratique,
Et qu'au gré de fa voix, & de fes actions,
Il peut comme il luy plaift changer nos paffions,
Effgayer nos efprits, les rendre folitaires,
Amoureux, mefprifans, pitoyables, coleres,
Et par un fouuerain & merueilleux pouuoir
Imprimer en nos cœurs tout ce qu'il nous fait voir,
Commande luy, Seigneur, d'expofer fur la fcene
Les fuperftitions d'une trouppe peu faine
Qui fe nourrit d'efpoir, & pour de faux appas,
Quitte l'heur qui la fuit & qui luy tend les bras,
Si tu doutes encor des traits de ta fcience
Tu peux dans ton Palais en faire experience,
Et par un coup d'effay de cét art merueilleux
En toy-mefme efprouuer ce qu'il pourra fur eux.

DIOCLETIAN.

Ie le veux. Aquillin, faites qu'on me l'amene,
Defpefchez.

AQVILLIN.

I'obeis.

RVTILE.

Sans qu'il ayt cette peine
Ce Garde que voila le peux faire auancer.

DIOCLETIAN.

Est-il là?

RVTILE.

Ouy, Seigneur, ie le viens de laisser
Auec ses compagnons dans la sale prochaine
Où depuis quelque temps ie croy qu'il se promene
Attendant les moyens & la commodité
De se venir offrir à vostre Majesté.

DIOCLETIAN.

Qu'il entre.

AQVILLIN.

Garde, allez,

RVTILE.

Cette Troupe est fort belle,
Et de plus, pour vous plaire elle a beaucoup de zele.

Vn Garde.

Le voila.

DIOCLETIAN.

Qu'il aduance.

SCENE II.

Genest. Pamphilie. Luciane. Anthenor
Aristide. Diocletian. Aquillin
Rutile. Vn Garde.

GENEST.

Inuincible Empereur,
Puis que ta Maiesté nous accorde l'honneur,
De donner quelquefois aux esbat du Theatre
Cette presence Auguste & que Rome idolatre;
Souffre auiourd'huy, Seigneur, que i'expose à tes yeux,
Quelques foibles crayons de tes faits glorieux,
Et que par le recit de tes hautes merueilles,
Du peuple & de ta Cour nous charmions les oreilles.
Ie ne puis, ô Cesar, t'offrir rien de plus beau,
Qu'en faisant de toy-mesme vn Illustre tableau,
Sans que i'aye recours aux communes Histoires,
Permets moy de parler de tes belles Victoires,
Et d'apprendre aux Romains par tes rares exploits,
Combien ils sont heureux de viure soubs tes loix:
Permets moy d'estaler tes qualitez diuerses,
Tant de fameux lauriers emportez sur les Perses,
Les Barbares deffaits, Carinus surmonté,

Et

Et tout le monde en fin, ou soubsmis, ou dompté,
Dans vn si noble employ me rendant admirable,
Ie te rendray, Seigneur, à chacun adorable,
Mesme à tes enuieux tu paroistras parfait.

DIOCLETIAN.

Non, Amy, de ton art, ie veux vn autre effet,
La Renommée icy parle assez de ma gloire,
Et Rome de mes faits ne perd point la memoire,
Rutile vous dira qu'elle est ma volonté.
Donnez ordre, Aquillin, que tout soit appresté,
Qu'il ne leur manque rien.

SCENE III.

Rutile, Genest, Pamphilie, Luciane,
Anthenor, Aristide.

RVTILE.

Si vous desirez plaire,
Apprenez, mes amis, ce que vous deuez faire,
Cesar est ennemy de ces lâches mortels,
Qui refusent l'encens qu'on doit à nos autels,
Et d'vn nouueau Prophete apprenant l'imposture
L'adorent comme autheur de toute la nature,
Faites voir leurs abus, descouurez leur erreur,

Rendez les des humains & la bonté, & l'horreur,
Mocquez-vous de leur foy, riez de leurs myſteres,
Des ſuperſtitions de leurs regles auſteres,
Et des appas trompeurs de tant d'illuſions
Qui ſeduiſent leurs ſens & leurs opinions.
Rendez-les en vn mot de tout poinct ridicules:
Mais d'ailleurs exaltez Iupiter, nos Hercules,
Nos Mars, nos Apollons, & tous les autres Dieux
Qu'ont icy de tout temps adoré nos ayeux.
Ie ne vous puis donner de conſeil plus vtile,

GENEST.

Ny preſcrire d'employ qui nous ſoit plus facile,
Ces Rebelles, des Dieux & des hommes hays,
M'ont fait abandonner mon Pere, & mon Pays,
Où ne pouuant ſouffrir leurs coupables maximes
Ie me ſuis par ma fuitte affranchy de leurs crimes:
De ſorte que contre eux iuſtement animé,
Ie feray voir l'abus dont ce peuple eſt charmé:
Et que le vain eſpoir qui le flatte & le lie
N'eſt rien qu'vne chimere, vn ſonge, vne folie,
Qui s'eſtans emparez de ces foibles eſprits
Les rend de l'vniuers la fable & le meſpris:
Eſt-il rien de plaiſant comme l'erreur extreme
D'vn myſtere nouueau qu'ils appellent Baptéme,
Où de trois gouttes d'eau legerement lauez,
Ils ſe penſent deſia dans les cieux eſleuez?
Certes on ne peut trop admirer leurs manies

De croire que deux mots, & des ceremonies
Puissent en vn moment les rendre glorieux,
Au point que d'aspirer au partage des Cieux.
C'est par cette action si digne derisée,
Et des meilleurs esprits de tout temps mesprisée
Que ie veux commencer les diuertissemens,
Que l'Empereur attend de nos raisonnemens,
Nous ne sçaurions choisir de plus belle matiere.
C'est là que me donnant vne libre cariere,
Ie mettray les Chrestiens en vn si mauuais point
Qu'ils seront insensez s'ils ne se changent point.
Ces moyens, quoy que doux, peuuent plus que les gesnes,
Et la honte souuent fait bien plus que les peines.

RVTILE.

C'est ce qu'à l'Empereur i'ay pû faire esperer,
Ne perdez point de temps, allez vous preparer,
Et taschez de remplir vne si belle attente.

GENEST.

Nous rendrons sur ce poinct sa Maiesté contente.

RVTILE.

Si Cesar est content, vous le serez aussi.

GENEST.

Nous pouuons sans sortir nous concerter icy,
Et sans qu'il soit besoin d'aprests ny de theatre,

Icy meſme Ceſar de noſtre art idolatre
Peut voir nos actions auec tant de plaiſirs,
Qu'ils paſſeront l'eſpoir & vaincront ſes deſirs.

RVTILE.

Le permettent les Dieux, mais adieu, ie vous laiſſe,

GENEST.

Dans deux heures au plus vous verrez noſtre adreſſe.

SCENE IV.

Geneſt. Pamphilie. Luciane. Anthenor.
Ariſtide.

GENEST.

Amys, c'eſt à ce coup qu'il faut que nos eſprits
Deuant vn Empereur ſe diſputent le prix,
Et que chacun de nous amoureux de la gloire
Taſche ſur ſon Riual d'emporter la victoire.
Cet employ glorieux peut changer noſtre ſort,
Combattons ſes rigueurs par un illuſtre effort,
Et par vne action qui ne ſoit pas commune
Acquerons pour amis Ceſar, & la Fortune.
Ce bon heur auiourd'huy ne dépend pas de nous,
Vous ſçauez comme moy ce qu'on attend de vous,

Et

Et sans beaucoup resuer il nous sera facile
D'ereduire en effects les aduis de Rutile.

ANTHENOR

Mais quelle Histoire enfin peut seruir de suiet
Et propre & conuenable à ce rare projet ?

ARISTIDE

Celle Dardaleon, ou celle de Porphire,
Qui tous deux bien aymez des maistres de l'Empire
Furent par les Chrestiens tellement abusez
Qu'ils suiuirent des vœux qu'ils auoient mesprisez,
Et par vne folie à nulle autre seconde
Se rendirent l'opprobre & la fable du monde.

LVCIANE

Tous deux ont exercé nostre profession.

PAMPHILIE

Et le baptesme fut la premiere action
Qui flattant de ces fous la ridicule enuie
Leur fit perdre à tous deux & les biens & la vie.

GENEST

Des principes pareils ont souuent chez les grands
Produit à leurs autheurs des succez differents,
Nous pouuons profiter icy de leur exemple,
Et les suiure au Theatre, & non pas dans le Temple.

D

Et

Où leur aueuglement leur fit trouuer dans l'eau,
Le funeſte poiſon qui les mit au tombeau.
Mais ſans chercher ſi loing le ſecours d'vne Hiſtoire
Qui nous pourroit charger l'eſprit & la memoire:
Nous pouuons rencontrer dans noſtre propre ſort,
Dequoy plaire à Ceſar qui nous priſera fort
Si par vn trait adroit & de haute induſtrie,
Il ſçait que nous aurons quitté noſtre Patrie,
Nos parens & nos biens pour venir en ces lieux,
Loing de ſes ennemis rendre hommage à ſes dieux.
Voicy donc quel ſera l'ordre de ce myſtere,
Il faudra qu'Anthenor repreſente mon Pere
Et que par vn flatteur, quoy que faux entretien,
Il feigne qu'il me veut auſſi rendre Chreſtien.
Ma ſœur qui me portoit à cette loy prophane
Auoit, vous le ſçauez, de l'air de Luciane,
Qui ſçaura ie m'aſſeure en cette occaſion
Imiter ſon humeur & ſon affection.
Ariſtide d'ailleurs pour vaincre ſa folie,
Se dira parmy nous frere de Pamphilie,
Et me coniurera par l'eſclat de ſes yeux,
De ne la point trahir, auſſi bien que nos Dieux.
Voila ſur ce ſuiet tout ce qui vous regarde,
Le reſte. Mais que veut Aquillin, & ce Garde?

SCENE V.

Aquillin. Geneſt. Pamphilie. Luciane.
Ariſtide. Anthenor. Vn Garde
tenant des preſens.

AQVILLIN.

Le Ciel vous ayme Amis, la fortune vous rit,
Le peuple vous admire, & Ceſar vous cherit,
Ce que ie vous apporte en ſont de bonnes marques,
Receuez ces preſens du plus grand des Monarques,
Et croyez toutesfois que cés rares bienfaits
Ne ſont de ſes bontez, que les moindres effets.

GENEST.

Ces magnifiques dons d'vne illuſtre perſonne,
Marquent la dignité de la main qui les donne,
Et nous n'ignorons pas qu'il eſt en ſon pouuoir,
De porter ſes bienfaits plus loing que noſtre eſpoir,
Mais de tant de faueurs dont Ceſar nous accable,
Sa preſence nous eſt la plus conſiderable,
Et le ſoing de luy plaire en ma profeſſion,
Borne tous mes deſirs & mon ambition.

PAMPHILIE.

Il n'en eſt point icy qui ne parle de meſme,
Enuers ſa Maieſté noſtre zele eſt extréme,

Et tous esgalement nous nous sentons rauir :
A l'inclination qu'il a de le seruir.

AQVILLIN.

Tant de ciuilitez veulent que ie confesse,
Que nostre cour n'a pas toute la politesse,
Puis qu'on la vold en vous en vn point si parfait,
Que quiconque vous parle en admire l'effect.

ARISTIDE.

Ha ! Seigneur, il suffit de vostre bien-veillance,
Sans que vous confondiez auec vostre esloquence,
Ceux que tant de faueurs & de bienfaits receüs,
De Cesar & de vous rendent assez confus.

LVCIANE.

Ouy Seigneur...

AQVILLIN.

Brisons là ; mes yeux & mes oreilles,
Charmez d'ouir & voir tant de rares merueilles,
Font qu'insensiblement m'arrestant en ces lieux,
Ie vous derobe vn temps qui vous est precieux.
L'Empereur vous attend.

ANTHENOR.

Rien plus ne nous arreste,

GENEST.

Vous pouuez l'asseurer que nostre bande est preste,
Et que nous n'attendons que son commandement,
Pour luy donner icy du diuertissement.

Fin du premier Acte.

ACTE SECOND.

SCENE PREMIERE.

Diocletian. Aquillin. Rutile. & suitte.

DIOCLETIAN.

Vtile ; nous verrons si cette haute estime
Où tu mets nos acteurs est iuste & legitime,
Et si ces grands esprits que tu tiens si parfaits,
Produiront sur le mien de semblables effets.
Si l'on croit tes discours, ma cour n'a point de grace,
Que la leur aisement ne surmonte, & n'efface,
Et mesme l'on diroit que les perfections,
Naissent de leur parole, & de leurs actions.

AQVILLIN.

Quelque approbation que Rutile leur donne,
Son sentiment est iuste & n'a rien qui m'estonne :
Bien que quelques brutaux ayent leur art à mespris,
Il n'admet point pourtant de vulgaires esprits,
De corps mal composez, & de qui l'apparence,

Ne puisse au moins donner quelque belle esperance.
Le Theatre est seuere, & veut des qualitez,
Qui puissent faire aux grands admirer ses beautez,
Le charme de la voix est sa moindre partie,
Si de l'intelligence elle n'est assortie,
Et le geste pour elle est vn foible secours,
Si ce rayon diuin ne regle ses discours,
Outre le iugement, l'adresse, & la memoire,
L'asseurance est aussi necessaire à sa gloire,
Et la propreté mesme en son habillement,
N'est point pour vn acteur vn petit ornement.

DIOCLETIAN.

Hé bien nous en verrons bien tost l'experience,
Faites les commencer, & qu'on preste silence.

SCENE II.

Luciane, Genest.

LVCIANE.

Ha! mon frere, si rien ne vous peut esmouuoir,
Considerez des pleurs.

GENEST.

                              Qui seront sans pouuoir.

Ha! c'est trop, leuez vous, c'est en vain Luciane,

Que l'on croit me porter à cette loy prophane,
Dont vn nouueau Prophete, & trop foible Docteur,
Se rendit autresfois le ridicule Autheur,
Ie ne me repais point de ces vaines chimeres,
Dont il sçeut esblouyr les esprits de nos pères,
Ie sçay mieux me seruir des droits de ma raison
Et parmy le nectar discerner le poison.

LVCIANE.

Pleûst au Ciel!

GENEST.

   Vos souhaits aussi bien que vos larmes,
Pour vaincre mon esprit sont d'inutiles armes.
Croyez vous pour me voir de parens obsedé:
Que par de vains transports ie sois persuadé?
Non non, mon Iugement plus ferme, & plus solide,
Ne sçauroit escouter un conseil si perfide,
Pour suiure un inconnu qui fut mis aux liens,
Et dans son triste sort, abandonné des siens.

LVCIANE.

Mais cet abandonné que vostre esprit abhorre,
Est ce Dieu tout puissant que le Ciel mesme adore,
Qui comble tout de gloire à son auguste aspect,
Et fait trembler là haut les Anges de respect,
Il naquit sans grandeur, sans esclat, & sans lustre,
Mais dans l'obscurité son berceau fut illustre,

Puis qu'à peine il parut qu'on redouta ses loix,
Et qu'encor tout enfant il fit trembler des Roys,
Si des siecles passez nous croyons les plus sages,
Des Princes d'Orient il receut les hommages,
Et l'astre qui guida ces Mages en ce lieu,
Fit bien voir que c'estoit la demeure d'un Dieu,
Il vescut, dites vous, ainsi qu'on la raconte,
Dedans l'ignominie, & mourut dans la honte,
Abandonné des siens, trahy, desaduoüé,
Sur un infame bois honteusement cloüé;
Mais c'est par ce moyen si difficile à croire,
Qu'il pretend sur sa honte establir vostre gloire,
Et par l'unique prix de son sang precieux
Qu'il vous veut acheter le partage des Cieux.

GENEST

Que d'un trompeur espoir vostre ame est possedée,
S'il n'a pour fondement que cette vaine idée,
Et qu'un bonheur est faux, quand par un juste effort
La honte le produit aussi bien que la mort,
Rangez-vous du party de ces hautes puissances
Qui donnent à nos vœux d'illustres recompences,
Qui se font adorer en cent climats divers,
Et rendent nos Cesars Maistres de l'Univers,
Nous ne sçaurions faillir en suivant leurs exemples,
Comme dans leurs Palais suiuons-les dans les Temples,
Et puis que le destin nous a faits leurs sujets,
N'ayons pas en nos vœux de differents objets.

Mais

Mais changeons de discours, Anthenor qui s'aduance,
Ne prendroit pas plaisir à cette conference :
Sans doute que blessé d'vn mesme traict que vous,
Il me vient assaillir, & seconder vos coups.

SCENE III.

Anthenor. Genest. Luciane.

ANTHENOR.

Hé bien, s'est-il rendu ce rebelle courage ?

LVCIANE.

Aussi peu qu'vn Rocher qui battu de l'orage
Mesprise les assauts, & de l'onde & du vent,
Et paroit à nos yeux plus ferme que deuant.

GENEST.

Cette comparaison n'est pas mal assortie,
Mon cœur & le Rocher ont de la sympathie,
Car si l'vn par les vents ne se peut esmouuoir,
Les souspirs ont sur l'autre aussi peu de pouuoir.

ANTHENOR.

Ha, mon fils ! si ce cœur te permet de connoistre
Que celuy qui te parle est l'autheur de ton estre,
Fust-il cent fois plus ferme, & plus dur qu'vn Rocher,

Cette obligation a droit de te toucher.

GENEST.

Ouy, ie vous dois le iour, ie vous dois ma naissance,
Et ce corps pour ce droict vous doit obeïssance:
Mais l'esprit qui m'anime, & que ie tiens des Cieux
Est vn noble tribut que ie ne dois qu'aux Dieux.

ANTHENOR.

Mais à ce Dieu puissant.

GENEST.

　　　　　　Qui n'est qu'vne chimere
Qu'autrefois vous blasmiez.

ANTHENOR.

　　　　　　Qu'à present ie reuere.

GENEST.

Dites plutost vn Dieu que vous auez resut.

ANTHENOR.

Vn Dieu par qui tout vit, & tout est conserué,
Et qui pour te donner vne immortelle vie
Voulut bien qu'icy bas elle luy fust rauie.

GENEST.

Pour moy? ie desaduoüe vn si puissant effort,
Et ne tiens pas ma vie vn effet de sa mort.

ANTHENOR.

Horrible impieté! detestable blaspheme.

GENEST

Mais qu'on peut effacer auec l'eau du Baptéme.

ANTHENOR.

Ouy, mon fils, vien m'y suiure.

GENEST.

Ha! ne me pressez pas.

ANTHENOR.

Quoy d'vn si beau sentier tu retires tes pas?

GENEST.

Ouy, ie m'en veux tirer comme d'vn precipice,
Ou vous auez, dessein qu'auec vous ie perisse.

ANTHENOR.

Mais plutost ou ie veux te sauuer auec moy.

GENEST.

Ayez soing de vous seul, & me laissez.

ANTHENOR.

Pourquoy?

GENEST.

Parce qu'importuné de vos contes friuoles,
Je me lasse d'ouyr tant de vaines paroles.

ANTHENOR.

Hé bien, puis que ma voix ne te peut esmouuoir,

Cessant de m'escouter, cesse aussi de me voir :
Va, Monstre, ie suiuray la loy que tu me donnes,
Et t'abandonneray comme tu m'abandonnes.

LVCIANE.

Mon frere !

ANTHENOR.

Laissez-la cet objet odieux
Implorer à loisir le secours de ses dieux :
Ils vont en vn haut poinct esleuer sa fortune,
Et vostre affection le choque, & l'importune.

SCENE IV.

Genest, Pamphilie. Aristide.

GENEST.

Cet orage, Anthenor, touche peu mes esprits,
Comme ie l'attendois il ne m'a pas surpris,
Et depuis quelque temps i'ay bien pû me resoudre
En ayant veu l'esclair, d'oüyr gronder la foudre.
Mais ainsi que l'esclat du céleste flambeau
Qu'on voit apres l'orage & plus clair, & plus beau,
Les diuines clartez des yeux de Pamphilie
Viennent chasser l'horreur de ma melancholie,
Et par les doux regards de ces astres d'amour

Dans

Dans mon aduersité me rendre vn plus beau iour.
Exemple merueilleux d'vne rare constance,
Cher objet de mes vœux, & de mon esperance,
C'est de vous seule enfin qui gouuernez mon sort
Que i'attends desormais ou ma vie ou ma mort.
Tout me trahit, Madame, & tout me persecute,
Aux plus grands des malheurs le ciel m'a mis en butte,
Et leurs traits toutesfois me sembleroient bien doux
S'ils me laissoient l'honneur d'estre estimé de vous.
Cet espoir tient encor ma fortune en balance,
Luy seul est le secours qui reste en ma deffence,
Et comme vostre cœur est grand & genereux,
Ie n'oze pas encor me dire malheureux.

PAMPHILIE.

Quel est vostre malheur, & quelle est cette crainte ?
Desia sans les sçauoir i'en partage l'atteinte,
Et mon amour est tel que vous luy feriez tort
De le croire sujet aux caprices du sort.
Vos rares qualitez, vos vœux, & vostre flame
L'ont depuis trop long-temps Imprimé dans mon ame,
Et malgré vos soupçons ie vous puis asseurer,
Qu'il n'est point de malheur qui le puisse alterer.
Mais enfin dictes nous quelle est vostre infortune ?

GENEST.

C'est vne passion à mes vœux importune,

Vn zele sans raison, vn desir deregle,
Et le pouuoir enfin d'vn esprit aueugle.

PAMPHILIE.

Vn pere asseurement vous veut porter du change?
Et que soubs d'autres loix l'inconstance vous range?

GENEST

Il le veut, Pamphilie, il le veut : mais apprends
Que d'iniustes desirs me sont indifferens,
Et qu'auant que mon cœur consente à cette enuie,
Mon amour à tes pieds immolera ma vie.

PAMPHILIE.

Ie ne souhaitte pas vn si funeste effet ;
Et peut estre son choix est-il assez parfait
Pour porter son esprit à ces douces contraintes
Qui causent vos transports, & peut estre vos feintes.

GENEST.

Ha! de tous les malheurs dont ie ressens les coups,
Voila le plus sensible, & plus rude de tous
Quoy? quand tout m'est fatal, lors que tout m'abandonne,
Pamphilie elle mesme auiourd'huy me soupçonne?
Non non, Madame, non, ne me soupçonnez pas,
D'auoir voulu trahir mes vœux, ny vos appas;
Ce change malheureux que mon pere m'ordonne,
Regarde nos autels, & non vostre personne;

Il ne m'empesche pas que i'adore vos yeux,
Mais il veut pour le sien que ie quitte nos Dieux,
Et que suiuant l'abus de son erreur extréme,
Contre mes sentimens ie le suiue au baptéme.
Mais plutot que ie change ou d'amour, ou de loy,
Plutoft que ie viole ou mes vœux, ou ma foy,
Que ces puiſſantes mains qui gouuernent la foudre,
D'vn rouge traict de feu me reduiſent en poudre,
Puiſſé-ie eſtre des Dieux, & des hommes l'horreur,
De tous les elemens eſprouuer la fureur,
Et ſi iuſqu'à ce point mon iugement s'oublie,
Que ie ſois à iamais haï de Pamphilie.

ARISTIDE.

Quoy, c'eſt là le ſuiet qui te trouble ſi fort?
C'eſt là ſoccaſion qui cauſe ton tranſport?
Et l'importunité d'vne ſœur, & d'vn Pere,
Eſt le mal qui t'afflige, & qui te deſeſpere?
Teſmoigne, cher Amy, teſmoigne plus de cœur,
Meſpriſe leurs diſcours, & braue leur rigueur.
C'eſt dedans les malheurs, & les plus grands orages,
Que ſe font admirer les plus fermes courages.
Laiſſe, laiſſe eſclatter ce foudre, & ces eſclairs,
Dont les traits impuiſſans ne frapent que les airs,
Les Dieux intereſſez en ces vaines menaces,
Arreſteront bientôt le cours de tes diſgraces,
Et quand meſme le ſort les voudroit acheuer,
Il ne t'abaiſſeroit que pour te releuer.

Que pour rendre dans peu ton ame plus contente,
Ta fortune plus haute, & bien plus esclattante,
Et te faire aduoüer qu'il ne t'est rigoureux ;
Que pour te faire vn iour plus grand, & plus heureux.
Tous les iours le Soleil sort d'vne couche noire,
Et la honte est souuent vn chemin à la gloire.
Il est vray que chocquant vn iniuste pouuoir,
Tu peux perdre tes biens, mais non pas ton espoir,
Puis que des immortels la haute prouidence
Peut donner à ta perte vne ample recompence,
Et te faire trouuer loing d'vn pere irrité
Les fruicts de ton courage, & de ta pieté

GENEST.

Ariſtide croy moy, le soin de ma fortune,
N'est point dans mes malheurs ce qui plus m'importune,
Puis que comme tu dis, ie puis trouuer ailleurs,
Et de plus doux espoirs, & des destins meilleurs.
Mais comment penses tu que l'amour qui me lie,
Me permette iamais de quitter Pamphilie ?
Peux tu t'imaginer qu'il soit en mon pouuoir,
L'aymant infiniment de viure sans la voir ?
Non, non, loing des attraits de ses graces diuines,
Les plus aymables fleurs me seroient des espines,
Ie hayrois vn trosne, & des sceptres offerts
Me plairoient beaucoup moins que l'honneur de mes fers.
Mais si la cruauté d'vn pere inexorable,
A moy mesme auiourd'huy me rend mesconnoissable,

S'il

S'il faut que ie demeure en ce funeste Estat,
Qui m'oste mes Amis, mes biens, & mon esclat,
(Pardonnez ce discours à ma melancholie,)
Que deuiendront nos feux aymable Pamphilie?
Ie sçay que vostre cœur est grand, & genereux,
Mais quoy, vous estes femme, & ie suis malheureux.

PAMPHILIE

Il est vray, ie suis femme, & ie le tiens à gloire,
Puis qu'auiourd'huy ce nom releue ma victoire,
Et faict voir en mon sexe vn esprit assez fort,
Pour vaincre mieux que vous les malices du sort,
Ie ne rediray point icy que ie vous ayme,
Qu'ainsi que vos vertus mon amour est extréme,
Mes yeux & mes soupspirs vous l'ont dit mille fois,
Et vous l'ont exprimé beaucoup mieux que ma voix:
Mais de quelques rigueurs dont le sort vous accable,
Fussiez vous en vn point encor plus deplorable,
Ie vous puis asseurer que ma fidelité
Sera iusqu'au tombeau sans inegalité.

GENEST

He! bien, ie croiray donc dans le mal qui m'afflige,
Que la nature en vous aura faict vn prodige,
Et qu'en vous faisant naistre elle aura mis au jour,
Vn miracle parfaict de constance, & d'amour,
Bien qu'en cette bonté dont mon ame se flatte,
Vostre adresse plutot que mon bon heur esclatte,

Ie veux bien toutesfois pour calmer ma fureur,
Deceuoir mon efprit d'vne fi douce erreur.
Ouy, Madame ie veux que mon ame foit vaint,
Iufqu'à vous croire atteinte, & fenfible à ma peine,
Et me perfuader qu'vn feu fi bien efprit,
Au delà de vos iours touchera vos efprits.
Mais encor qu'à ce point vous foyez genereufe,
Pouray-ie confentir à vous voir malheureufe,
Et que tacitement il vous foit imputé,
Que fans moy vous feriez dans la profperité ?
Ha! Madame ? fouffrez qu'en ce defordre extrême,
Ma raifon vne fois parle contre moy-mefme,
Et qu'agiffant pour vous, elle monftre en ce iour,
Par vn eftrange effect vn veritable amour.

ARISTIDE.

Ta flame, cher Amy, nous eft affez connuë,
Ie voids en tes difcours ton ame toute nuë,
Et parmy l'embaras de tant de paffions,
Ie defcouure aifément tes inclinations.
Ie fçay bien que ton cœur & conftant & fidele,
Pour l'obiet qu'il adore a touftours mefme zele,
Et que tu trouuerois vn Empire importun,
Si ce rare bonheur ne nous eftoit commun,
Mais ie fçay bien auffi que ton noble courage,
A peine à confentir qu'il ayt quelque aduantage,
Et ces deux mouuemens fuccedans tour à tour,
Font combattre ta gloire auecque ton amour.

Mais veux tu t'affranchir de cette incertitude,
Qui nourit tes transports, & ton inquietude :
Escoute les conseils que ie te veux donner.
Tu nous dis qu'Anthenor te veut abandonner,
Et te priuer à tort des droits de ton partage,
Si tu ne suis l'erreur du son ame s'engage,
D'y luy pour paruenir au but qui tu presens :
Que tu rendras ses vœux, & ses desirs contens ;
Et feints pour cét effect par vn beau stratagéme,
Que tu veux comme luy receuoir le baptéme.
Suiuant l'opinion de leur bizare loy,
Leurs mysteres sont vains quand on manque de foy ;
De sorte qu'en ton cœur m'esprisant leurs manies,
Tu n'auras obserué que des ceremonies,
Qui n'ayans pas rendu le baptéme parfait :
N'auront produit en toy qu'vn ridicule effect.
Acquiers toy de vrays biens auec de faux hommages :
Vn peu d'eau, Cher Amy, calme de grands orages ;
Fay que celle qui nuit à tous ses partizans,
Pour toy seule auiourd'hui produise des presens,
Et se rende pareille apres ton entreprise,
A la pluye enuoyée à la fille d'Acrise,

GENEST.

L'effect de ce conseil offenceroit les Dieux.

ARISTIDE.

L'effect de ce conseil leur sera glorieux,

Puis qu'à l'auerſion de cette loy nouuelle,
Tu ioindras les meſpris que ſon cœur a pour elle,
Reſeruant à l'honneur de nos ſacrez autels
Vne ame toute pure, & des vœux immortels.

GENEST.

A quoy me reſoudray-ie, aymable Pamphilie ?

PAMPHILIE.

Je crains.

ARISTIDE.

Que craignez vous ?

PAMPHILIE.

Tout.

ARISTIDE.

        Dieux ! quelle folie ?
Vous craignez, dites vous, Quoy ? que deux goûttes d'eau
De ſon ardente amour eſteignent le flambeau ?

PAMPHILIE.

Non, mais que cette erreur à la fin ne luy plaiſe,
Et qu'elle n'ayt pour nous vne ſuitte mauuaiſe.

GENEST.

Ha ! ne me croyez pas d'vn eſprit ſi peu ſain.

PAM-

PAMPHILIE.

Vous pouuez donc agir, & suiure ce dessein.

GENEST.

Il faut adroitement conduire ceste affaire,

ARISTIDE.

Laissez m'en le soucy, ie verray vostre Pere,
Et ie sçauray si bien mesnager ses esprits,
Qu'aueuglé de l'appas du dessein entrepris,
Il ne pourra iamais a trauers mon adresse,
Se douter seulement du piege qu'on luy dresse,
Cependant finissant de si longs entretiens
Allez tous deux m'attendre au Temple des Chrestiens.

Fin du second Acte.

ACTE TROISIEME.

SCENE PREMIERE.

Dioclétian. Aquillin. Rutile.

DIOCLETIAN

RVtile, ie l'aduoüe, ils ſont incomparables,
Et tous en leurs proiets me ſemblent admirables,
Que l'accord de leurs voix, & de leurs actions,
Exprime adroittement toutes leurs paſſions!
Qu'ils ſe ſçauent bien plaindre, ou feindre vne colere!
Que l'amour en leur bouche eſt capable de plaire!
Et que leur induſtrie a de grace & d'appas
A dépeindre vn tourment qu'ils ne reſſentent pas!
N'as tu point remarqué ce qu'a dit Luciane
En faueur des Chreſtiens & de leur loy prophane?
Elle en a ſouſtenu l'erreur auec tant d'art,
Que i'ay creû quelque temps qu'elle parloit ſans fard,
Et que le trait dont lors elle ſembloit atteinte,
Eſtoit vn pur effect, & non pas vne feinte.

RVTILE.

Il eſt vrai, mais, Seigneur, n'as-tu pas entendu,
Ce que Geneſt a dit quand il s'eſt deffendu?

Auec combien d'esprit, d'adresse, & de courage,
Il a de nos autels conserué l'aduantage?
Et par quel art enfin, & quelle inuention,
Il se porte au mespris de leur religion?

DIOCLETIAN.

Ouy, sa subtilité n'eût iamais de pareilles.

AQVILLIN.

Attends vn peu, Seigneur, tu verras des merueilles
Qui rauiront tes sens, auecque tant d'appas,
Que mesme en les voyant tu ne le croiras pas.

SCENE II.

Diocletian. Aquillin. Rutile, & suitte, Genest. Pamphilie. Aristide. Luciane. Anthenor.

GENEST.

Où suis-ie? Qu'ay-ie veu? Quelle diuine flame,
Vient d'esblouïr mes yeux, & d'esclairer mon ame?
Quel rayon de lumiere espurant mes esprits,
A dissippé l'erreur qui les auoit surpris?
Ie croy, ie suis Chrestien; & cette grace extrême,

Dont ie ſens les effects eſt celle du Bapſéme.

PAMPHILIE.

Chreſtien? Qui vous l'a faict?

GENEST.

Ie le ſuis.

ARISTIDE.

Reſuez vous?

GENEST.

Vn Ange m'a faict tel.

ANTHENOR.

Deuant qui?

GENEST.

Deuant tous.

LVCIANE.

Perſonne toutesfois n'a veu ceſte aduenture.

RVTILE. à l'Empereur.

Il leur va debiter quelque eſtrange impoſture.

AQVILLIN.

Qu'il feint bien!

DIO:

DIOCLETIAN.

Il est vray qu'on ne peut feindre mieux,
Et qu'il charme l'oreille aussi bien que les yeux.

GENEST.

Quoy, vous n'auez pas veü cette clarté brillante,
Dont l'effect merueilleux, surpassant mon attente,
Auecque tant d'eclat a paru dans ce lieu,
Alors qu'il a receu le ministre d'vn Dieu.

ARISTIDE.

Quel Ministre? Quel Dieu? Tu nous contes des fables,

GENEST.

Non, Amys, ie vous dis des choses veritables,
N'agueres quand icy i'ay paru deuant vous :
Les yeux leuez au Ciel, teste nuë, a genoux,
Ie voyois, ô merueille a peine conceuable !
A trauers ce lambris vn prodige admirable,
Vn Ange mille fois plus beau que le Soleil,
Et qui me promettant vn bonheur sans pareil,
Ma dit qu'il ne venoit, si ie le voulois croire,
Que pour me reuestir des rayons de sa gloire.
Lors tous mes sens rauis d'vn espoir si charmant :
Ont porté mon esprit à ce consentement,
Qui remplissant mon cœur d'vne ioye infinie
A fait voir à mes yeux cette ceremonie,

K

L'Ange, dont la presence estonnoit mon esprit,
En l'vne de ses mains tenoit vn liure escrit,
Où la bonté du Ciel secondant mon enuie,
Ie lisois aisément les crimes de ma vie,
Mais auec vn peu d'eau que l'autre main versoit,
Ie voyois aussi-tost que l'escrit s'effaçoit,
Et que par vn effect qui passe la nature,
Mon cœur estoit plus calme, & mon ame plus pure:
Voila ce que i'ay veu, voila ce que ie sens,
Et qui produit en moy des transports si puissans.
Loing de moy desormais estres imaginaires,
Fleaux des foibles esprits, & des Ames vulgaires,
Faux Dieux, ce n'est plus vous auiourd'huy que ie crains,
N'y ce foudre impuissant, que l'on peint en vos mains:
Ie ne vous connois plus, allez, ie vous deteste,
Et mon cœur embrazé d'vne flame celeste,
Adore vn Dieu viuant dont l'extréme pouuoir,
Se faict craindre par tout, & par tout se faict voir.

DIOCLETIAN.

Cette feinte, Aquillin commence à me desplaire,
Qu'on cesse.

GENEST.

Il n'est pas temps, ô Cesar! de me taire;
Ce Seigneur des Seigneurs, & ce grand Roy des Roys.
De qui tout l'vniuers doit reuerer les loix,
Soubs qui l'Enfer fremit, & que le Ciel adore,

Veut que ie continuë, & que ie parle encore,
Sçache donc, Empereur, que ce Dieu souuerain
De qui i'ay ressenty la puissance, & la main,
Lors que ie me pensois rire de ses oracles,
Vient d'operer en moy le plus grand des miracles,
Changeant vn idolatre en son adorateur,
Et faisant vn suiet de son persecuteur.
Ne pensant diuertir, ô prodiges estranges!
Que de simples mortels, i'ay résiouy des Anges,
Et dedans le dessein de complaire à tes yeux,
I'ay pleû sans y penser à l'Empereur des Cieux.
Il est vray que priué de ses graces extrémes,
I'ay tantost contre luy vomy mille blasphemes,
Mais dans ces faux discours que ma langue estaloit,
Ce n'estoit que l'Enfer, & non moy qui parloit,
Ce commun Ennemy de tout ce qui respire,
Qui par le crime seul establit son Empire,
Ayant trompé mes sens, & seduit ma raison,
M'auoit mis dans le cœur ce dangereux poison :
Mais enfin de mon Dieu les bontez infinies,
Ont toutes ces horreurs de mon Ame bannies,
Et ie veux, ô Cesar! qu'on sçache à l'aduenir,
Que ie n'ay plus de voix qu'affin de le benir,
Qu'affin de publier aux deux bouts de la terre,
Qu'il est seul souuerain, seul maistre du tonnerre,
Des cieux, des elemens, des Anges, des mortels,
Et digne seul enfin, & d'encens, & d'autels.

DIOCLETIAN.

Il a perdu le sens, & son ame troublée,
Rend comme son esprit sa langue dereglée.

GENEST.

Non, non, mon iugement ne fut iamais plus sain
Qu'alors qu'il a chocqué tes Dieux, & ton dessein,
Et si ie l'ay perdu, c'est lors que mes paroles
D'vn accent criminel ont flatté tes idoles.

DIOCLETIAN.

Ha! ne m'irrite pas, insolent, c'est assez
Qu'l'on te traittera comme les insensez.

GENEST.

Ce traittement n'est pas celuy que ie souhaitte,
Car on me traitteroit ainsi que l'on te traitte.

DIOCLETIAN.

On me traitte en Cesar, en Empereur Romain,

GENEST.

On te traitte en esclaue, & non en souuerain,
Puis que loing d'escouter cette bonté supréme,
Ce Dieu de qui les Roys tiennent leur diadéme,
Souuent tu rens hommage au gré d'vn courtizan,
A l'ouurage imparfaict d'vn chetif Artizan,

Qui suiuant son caprice, ou celuy de ces traistres,
Te compose des Dieux, & te donne des Maistres.

DIOCLETIAN.

Voyez l'audacieux ! il croit possible encor,
Faire sur vn Theatre ou l'Achile, ou l'Hector.

GENEST.

Non, non, par ma raison mon ame mieux guidée,
Ne souffre plus en elle vne si vaine Idée,
Ie me connois, Cesar, ie sçais ce que ie suis.

DIOCLETIAN.

Mais sçais tu bien aussi, traistre, ce que ie puis?

GENEST.

Ouy, ton pouuoir n'est pas vn effect que i'ignore,
Ie sçay que l'on te craint, & que Rome t'adore;
Mais ie sçay bien aussi ce qu'vn Dieu me prescrit:
Tu peux tout sur mon corps, & rien sur mon esprit.

DIOCLETIAN.

Nous allons esprouuer cette haute constance.

GENEST.

Tu peux dés à present en faire experience.
Commande à tes boureaux qu'ils m'accablent de fers.

L

DIOCLETIAN.

Perfide , ils t'apprendront le refpeƈt que tu pers,
Si tu ne te refous a changer de langage.

GENEST.

On ne change iamais quand on a du courage.

DIOCLETIAN.

Si faut-il toutesfois ou changer ou perir.

GENEST.

He! bien me voila preft, Tyran, allons mourir.
Apportez , apportez, ces bienheureufes chaines,
Inſtrumens de ma gloire ainſi que de mes peines,
Luy reiet- Et reprends deformais ces liens odieux,
tant fon Ef- Qui me rendoient n'aguere efclaue de tes Dieux.
charpe. Que ceux qui n'ont pas veu les diuines merueilles,
Qui viennent de rauir mes yeux & mes oreilles,
De tes vaines grandeurs fe rendent partizans,
Et d'vn œil enuieux regardent tes prefens.
Pour moy qui viens de voir de plus illuftres marques,
Du pouuoir de celuy qui commande aux Monarques,
Ie n'ay plus de defirs qui foient fi criminels;
Tes dons font paffagers, les fiens font eternels,
Ses faueurs font d'vn Dieu; tes careffes d'vn homme;
Et les honneurs du Ciel valent bien ceux de Rome.
Parle donc, Empereur, & hafte mes tourmens;

Tu differes ma gloire, & mes contentemens,
Fay souffrir à mon corps les peines les plus dures,
Irrite tes boureaux, inuente des tortures,
Et par vn sentiment qui ne t'est pas nouueau
Qu'vn deluge de sang te venge d'vn peu d'eau,
Dont le diuin effect m'a donné tant de graces,
Qu'à tes yeux auiourd'huy ie braue tes menaces.

DIOCLETIAN.

Tu me braues, mutin, mais de ta trahison,
Et la flame, & le fer me feront la raison,
Qu'on l'oste de mes yeux, soldats, que l'on l'entraine,
Faictes qu'en mesme temps on l'applique à la gesne,
Et qu'il ressente là de si viues douleurs,
Qu'il estime la mort moindre que ses malheurs.
Va les suiure, Rutile, & voy s'il est possible,
De reprimer l'orgueil de ce cœur inuincible :
Menace, flatte, prie, importune, promets,
Offre luy des tresors, ouy, ie te le promets,
Des charges, des honneurs, & tout ce qui dans Rome,
Peut le mieux assouuir l'esperance d'vn homme,
S'il se veut reconnoistre, & quitter son erreur,
Son remords peut encor desarmer ma fureur ;
Mais s'il s'obstine plus à faire le rebelle :
Qu'on l'expose aux ardeurs d'vne flame cruelle,
Qui sur son corps perfide agissant peu à peu,
Auec mille douleurs le brule à petit feu.

RVTILE.

I'obſerueray cêt ordre.

DIOCLETIAN.

Allez.

SCENE III.

Diocletian.   Aquillin.   Anthenor.
Pamphilie.   Luciane.
Ariſtide.

DIOCLETIAN.

Laſches complices !
C'eſt vous que ie deſtine aux plus aſpres ſuplices ;
Vous l'auez ſuborné, vos propos l'ont ſeduit ;
Mais de vos trahiſons vous receurez le fruit,
Ouy, ie me vengeray d'vn ſi ſenſible outrage,
Sans qu'on reſpecte en vousny le ſexe, ny l'âge,
Sans qu'aucune pitié flechiſſe mon couroux.
Aquillin.

LVCIANE.

Ha ! Seigneur, i'embraſſe tes genoux.

DIOCLETIAN.

Importune.

ANTHENOR.

ANTHENOR.

Cesar.

DIOCLETIAN.

C'est en vain que vos larmes,
A ma iuste rigueur pensent oster les armes ;
Apres m'auoir braué dans mon propre Palais,
Quelle grace osez vous esperer desormais ?
Auriez vous bien pensé qu'apres tant d'insolence
Il suffise auiourd'huy d'implorer ma clemence ?
Non, non, des crimes tels ne sont iamais remis
Aussi facilement qu'ils ont esté commis,
Et vostre impunité feroit des temeraires
Si ie ne vous donnois des chastimens seueres,
Il faut donc....

PAMPHILIE

Ha, Cesar ! Quel extreme malheur
Nous peut rendre auiourd'huy suspects à ta grandeur ?
Qu'auons-nous fait, Seigneur, qui chocque ta puissance ?
Sommes-nous criminels par nostre obeïssance ?
Tu nous as commandé, nous t'auons obey :
Suiure tes volontez, est-ce t'auoir trahy ?
Quel est donc le forfait qui nous rend si coupables ?
De quelles trahisons nous penses-tu capables ?
Nous n'auons point chocqué ny les Dieux ny l'Estat,
Et nostre seul malheur est tout nostre attentat.

M

Ce n'est pas que ie veuille en parlant de la sorte
Arrester les effets du courroux qui t'emporte
Au deplorable poinct où m'a mise le sort;
Ie ne me promets plus de calme ny de port,
Et ie croirois auoir vne trop lasche enuie
Si ma voix te parloit en faueur de ma vie:
Non, n'attends point de moy des sentimens si bas;
Prononce si tu veux l'arrest de mon trespas,
Tu me verras mourir & constante & contente;
Mais espargne, ô Cesar, vne troupe innocente,
Qui dans tous ses desseins a tousiours prudemment
Regardé son deuoir, & ton contentement.

DIOCLETIAN

Quoy donc, vostre deuoir consiste à me desplaire?
A promettre vne chose, & tenir le contraire?
A venir suborner vn sujet à mes yeux,
Et le forcer enfin d'abandonner nos Dieux?
Vous appellez peut estre vne telle impudence
Vn diuertissement, vn ieu plein d'innocence?
Mais croyez si ce traict se passe impunément
Que ie suis sans memoire & sans ressentiment:
Non, non, perfides, non; apres vn tel outrage
Ne vous figurez pas que ie sois sans courage;
Ainsi que vostre sort vostre crime vous ioint,
Qu'vn destin different ne vous separe point,
Vous auez mesme but & mesme intelligence,
Et vous esprouuerez vne mesme vengeance.

ARISTIDE.

Cesar, au nom des Dieux, escoute moy parler,
Voy quels sont les objets que tu veux immoler,
Si ton iuste courroux demande des victimes,
Prends garde pour le moins quelles soient legitimes,
Et qu'vn iniuste arrest aussi prompt que cruel,
Ne perde l'innocent auec le criminel.

AQVILLIN.

Il est vray qu'on pourroit auec quelque apparence,
Mettre entre leurs forfaits beaucoup de difference,
Anthenor, & sa fille.

ANTHENOR.

Inuincible Empereur,
Permets qu'en quatre mots ie te tire d'erreur,
Luciane, Seigneur, ne fut iamais ma fille,
Ie n'eûs iamais d'enfans, ie n'ay point de famille,
Et bien que nous ayons imité les Chrestiens,
Nous n'auons point pourtant d'autres Dieux que les tiens.
Tous ces noms supposez & de fils, & de pere,
Ses desirs simulez, & sa feinte colere,
N'estoient que des effets que nous auoit prescrits,
Ce traistre dont le change estonne nos esprits.

LVCIANE.

Non, Seigneur, si Genest contre nostre esperance,

A perdu le reſpect , & changé de creance,
Luy ſeul a faict ſon crime , & luy ſeul auiourd'huy,
En cette occaſion doit reſpondre de luy,
Nous n'auons iamais pris de part en ſon audace,
Et nous n'en deuons point auoir en ſa diſgrace;
Qu'il faſſe l'inſenſé, l'inſolent, le mutin,
Faut-il que ſon malheur change noſtre deſtin?
Et deuons nous icy paſſer pour ſes complices,
Si nous n'auons iamais approuué ſes caprices?
Dez l'inſtant qu'il s'eſt mis du party des Chreſtiens,
Nous auons ſeparé nos intereſts des ſiens,
Et de ſes paſſions nos ames deſunies,
Ont plaint en meſme temps & blamé ſes manies,
Condamné ſon orgueil, deteſté ſa fureur,
Et veû ſon inſolence auec beaucoup d'horreur.

DIOCLETIAN.

De qui donc teniez vous ces coupables maximes,
Qui tantot des Chreſtiens authoriſoient les crimes?

LVCIANE.

D'vn deſir curieux qui ne te peut chocquer,
Puis que ie ne l'auois qu'affin de m'en mocquer,
Et qu'encor auiourd'huy ces Illuſtres menſonges,
Paſſent dans mon eſprit ſeulement pour des ſonges.

DIOCLETIAN.

Si tu repugnes tant aux abus des Chreſtiens,

Fay nous voir des effets du discours que tu tiens,
Va t'en trouuer Genest, & t'efforce d'abattre
Par de viues raisons ce cœur opiniatre.
L'adresse de l'esprit iointe aux graces du corps,
Faict ordinairement d'admirables efforts:
Employe vn peu tes yeux au secours de ta bouche,
Il n'est point de mutins qu'vn bel obiet ne touche:
Desia mon courroux cesse, & cede à tes attraits,
Fay que Genest encor en ressente les traits,
Et que son cœur vaincu par de si belles armes,
Nous rende redeuable au pouuoir de tes charmes.

LVCIANE.

Ie suis preste, ô Cesar! de suiure aueuglément
Et tes intentions, & ton commandement,
Bien que ie ne sois pas assez presomptueuse
Pour en ozer attendre vne fin glorieuse:
Pourtant, puis qu'il te plaist, ie ne m'en deffends pas,
Et i'emploiray l'adresse au deffaut des appas:
Mais enfin souuien toy, Seigneur, que Pamphilie,
A sur luy dez long-temps sa puissance establie,
Et que l'heureux effort de ce coup glorieux,
Appartient à sa langue aussi bien qu'à ses yeux.

PAMPHILIE.

Ha! change de discours, & cesse Luciane,
De vanter vn pouuoir dont l'effect te condamne:
Son funeste proiet ne m'a que trop appris,

N

Que ie ſuis à ſes yeux vn obiet de meſpris,
Et que la paßion que tu crois qui le dompte
N'eſt plus qu'vn foible feu qui ne luit qu'à ma honte,
Que veux tu donc enfin que ie faſſe auiourd'huy ?
Quoy ? que ma lacheté m'abaiſſe contre luy ?
Qu'apres ſon changement ie flatte ſon audace ?
Que ie verſe des pleurs ? Que i'implore ſa grace ?
Non, non, ſa trahiſon le rend trop odieux,
Et ie me veux venger auſſi bien que nos Dieux.
Ceſar, ſi cet ingrat ne change de courage,
Eſpargne tes boureaux, il ſuffit de ma rage,
Tu ne le peux fraper d'vn coup plus inhumain ;
Laiſſe donc deſormais cét office à ma main,
Et tu reconnoiſtras que le fer, & la flame,
N'ont rien de comparable au couroux d'vne femme,
A qui par imprudence, ou par legereté,
On a manqué d'amour, ou de fidelité.

DIOCLETIAN

J'approuue ton courage auſſi bien que ton zele,
He bien ! ne vas point voir cet Amant infidele ;
Mais ſi dans ſa fureur il demeure obſtiné,
Ie veux qu'à ton courroux il ſoit abandonné,
Que tout chargé de fers à tes pieds on l'ameine,
Et puis s'il ne ſe rend, qu'on l'immole à ta hayne.

Fin du troiſieſme Acte,

ACTE QVATRIESME

SCENE PREMIERE.

Pamphilie.   Aristide.

PAMPHILIE.

Quoy, rien ne peut flechir ce courage obstiné?

ARISTIDE!

Non, bientost deuant vous il doit estre amené,
Ie vous en donne aduis.

PAMPHILIE.

Où?

ARISTIDE.

Dedans cette salle,
Affin que s'il se peut, cette ame desloyale.
Renonce son erreur dedans les mesmes lieux,
Ou son crime a chocqué l'Empereur & les Dieux.

PAMPHILIE.

Comment le sçauez vous.

ARISTIDE.

                De l'ordre de Rutile,
Qui voyant qu'on prenoit vne peine inutile,
Et que tous nos efforts agiſſoient vainement,
Pour guerir cet eſprit de ſon aueuglément,
Ma dit qu'il vous alloit enuoyer ce rebelle,
Et que ie vous en vinſſe apporter la nouuelle,
Affin que voſtre eſprit ſe puiſſe preparer,
A luy lancer des traicts qu'il ne puiſſe parer.

PAMPHILIE.

En cette occaſion que feray-ie Ariſtide?

ARISTIDE.

Vous ſçauez mieux que moy l'humeur de ce Perfide.

PAMPHILIE.

Il ma pourtant trompée autant & plus que vous.

ARISTIDE.

C'eſt de vous ſeule auſſi dont il craint le courroux.

PAMPHILIE.

Il me craint.

ARIS-

ARISTIDE.

Ie le crois.

PAMPHILIE.

   Et sur quelle apparence?
Ne me traitte t'il pas auec indifference,
Et ne luy suis-ie pas vn obiet de mespris?

ARISTIDE.

Vostre nom toutesfois touche encor ses esprits,
Car il n'a pu iamais au recit de vos charmes
Estouffer ses soupirs n'y retenir ses larmes.

PAMPHILIE.

Apres ses trahisons & des mespris si grands,
Ses pleurs & ses souspirs sont de foibles garands,
Il a changé l'ingrat, & quoy que l'on presume,
Ce qu'il fit par amour il le fait par coustume.

ARISTIDE.

Pour complaire à Cesar, il le faut esprouuer,
C'est l'ordre de Rutile.

PAMPHILIE.

   He bien va le trouuer,
Et dis que pour dompter ce superbe courage,
Ma hayne & mon amour mettront tout en vsage.

Va laiſſe moy reſuer à ce faſcheux ſoucy.

ARISTIDE.

Adieu, dans vn moment vous le verrez icy.

SCENE II.

PAMPHILIE.

Aueugles Tyrans de mon ame,
Qui regnez ſur moy tour à tour,
Hayne, meſpris, vengeance, Amour,
Où ſe termineront mes fureurs, ou ma flame?
Hayne, dois-je ſuiure tes loix?
Amour dois-je eſcouter ta voix?
Dois-je courir à la vengeance?
Ou par vn plus noble meſpris,
Chercheray-ie mon allegeance.
Dans l'oubly des ardeurs dont mon cœur eſt épris?

Ha! dieux que ie ſuis incertaine,
De mon choix, & de mes deſirs,
Que de larmes, & de ſouſpirs,
S'oppoſeroient encore à la fin de ma peine!
Non mes yeux ne le voyons pas,
Laiſſons le trainer au treſpas,
Rendons noſtre hayne aſſouuie;

Ou puis qu'il vous nommoit à tort,
Iadis les Astres de sa vie,
Soyez doresnauant les flambeaux de sa mort.

Mais, Helas! quelle est mon enuie?
Quel est mon aueugle transport?
Puis-je consentir à sa mort,
Sans qu'au mesme moment ie renonce à ma vie?
Non, retire toy ma fureur,
Malgré son crime & son erreur,
Ie sens bien encor que ie l'ayme,
Et ie reconnois auiourd'huy,
Que ie t'arme contre moy-mesme,
Lors que ma cruauté t'anime contre luy.

Mais voicy cét ingrat, cachons nostre foiblesse,
Ha! cet abord me tuë.

SCENE III.

Pamphilie. Genest, deux gardes.

PAMPHILIE.

Hé bien! ame traistresse,
Te voila dans les fers, & ces honteux liens,
Sont plus chers à tes yeux & plus doux que les miens?

Peut eſtre qu'à ton cœur mon ioug eſtoit trop rude,
Ie payois tes deuoirs auec ingratitude,
Ie receuois tes vœux auec trop de froideur,
Ou ie t'importtunois d'vne trop viue ardeur.
Ha! ie l'auois bien dit, que tes laſches contraintes,
Non plus que tes ſouſpirs n'eſtoient rien que des feintes.
Et que ton deſeſpoir conceu hors de ſaiſon,
Tendoit ſecrettement à quelque trahiſon!
Mais ne preſume pas, deſloyal, que i'endure,
Que l'on faſſe à mes vœux cette ſenſible iniure;
Ie veux qu'vn châtiment auſſi rude que prompt,
Dans ton perfide ſang en efface l'affront,
Et montre que par moy ton deſtin ſera pire
Que pour auoir chocqué ny les Dieux ny l'Empire.

GENEST

Hé bien! executez cét illuſtre courroux;
C'eſt pour ce ſuiet ſeul que ie ſuis deuant vous.
Me voila preſt Madame, & victime enchaiſnée,
Sans regret, à vos pieds i'attends ma deſtinée :
Vos yeux pour cét effect aydans voſtre rigueur,
Montreront à vos mains le chemin de mon cœur,
Ou s'ils ne veulent pas ſe donner cette peine,
Armez vous, le voila, frappez belle inhumaine,
Auſſi bien de vos Dieux les foudres impuiſſans,
Ont ils de foibles traits pour eſtonner mes ſens,
Acheuez, Pamphilie, acheuez voſtre ouurage,
Mon cœur ne tremble point pour vn ſi foible orage,

Vous

Vous le voyez n'aguere amoureux & brulant,
Pour vous mieux contenter voyez le tout sanglant,
Mais si ie puis encore esperer quelque grace,
Souffrez qu'auparauant le coup qui me menace,
I'ose vous demander quel estrange forfaict,
Vous anime, Madame, à ce cruel effect?

PAMPHILIE.

Quel forfaict, desloyal ? ô Dieux quelle impudence !
Il est la vertu mesme ; & la mesme innocence,
Il n'a iamais manqué ny d'amour ny de foy,
Il n'a iamais trahy ny l'Empereur ny moy,
Il ne parla iamais en faueur du Baptesme,
Sa bouche n'a iamais proferé de blaspheme,
Des crimes, iustes Dieux ! il n'en a point commis,
Et vous auez grand tort d'estre ses ennemis !
Insolent, est-ce ainsi que tu veux qu'on te flatte?

GENEST.

Non, non, que contre moy vostre courroux esclatte,
Et s'il ne suffit pas pour vous vanger assez,
Ioignez y l'Empereur & vos Dieux offencez,
Mais quand vous me taittez de traistre & de pariure,
Ie ne sçaurois souffrir l'vne ny l'autre iniure,
Veu qu'icy malgré vous les cieux me sont tesmoins,
Que iamais mon amour ne les merita moins,
Il est vray qu'autrefois ie meritois ce blame,
Quand pour flatter vos yeux ie trahissois vostre ame,
Et portois ton esprits à des impressions,

P

Qui n'eſtoient en effect que des illuſions,
Ouy, ie vous trahiſſois, quand mon ame aueuglée,
Ne conceuoit pour vous qu'vne ardeur dereglée,
Et ſubornant mon cœur par d'injuſtes deſirs,
Vous aymoit beaucoup moins que ſes propres plaiſirs,
Mais, Madame, auiourd'huy que ma flame eſt plus pure,
Que le feu n'eſt là haut au lieu de ſa nature,
Qu'vn veritable amour me porte à vous cherir,
Juſqu'à vouloir pour vous tout quitter & mourir;
Me pouuez vous ſans tort appeller infidele,
Traiſtre, pariure, ingrat, inconſtant, & rebelle?

PAMPHILIE.

Quels noms penſes tu donc qu'on te doiue donner,
Quand on te void tout fuir, & tout abandonner?
Quand preſſé des vapeurs de ta melancolie,
Pour des illuſions tu quittes Pamphilie?
Quand tu pers tout reſpect? quand tu change de loy?
Quand tu trahis tes Dieux, & ton Prince, & ta foy?

GENEST.

Ha! que la trahiſon eſt innocente & belle!
Et la fidelité blamable & criminelle,
Quand leur effect regarde vn Tyran, & des Dieux,
Qui n'ont rien que d'horrible & de pernicieux,
Qu'il eſt doux de ſortir d'vn ioug ſi deteſtable,
Pour entrer ſoubs les loix d'vn Monarque adorable
Qui tient dedans les Cieux ſon Palais & ſa Cour;

Et qui n'eſt que douceur, que iuſtice, & qu'amour,
Ha! ſi vous connoiſſiez, ma chere Pamphilie,
La nuit où voſtre erreur vous tient enſeuelie,
Et ſi par le ſecours de cét aſtre charmant,
Dont l'eſclat ma tiré de mon aueuglement,
Vous pouuiez receuoir vn rayon de la grace,
Qui met dedans mon cœur vne ſi noble audace,
Qu'auprix de voſtre ſort vous beniriez le mien,
Que vous eſtimeriez le bonheur d'vn Chreſtien?
Et que pour en porter les glorieuſes marques,
Vous feriez peu d'eſtat de celles des Monarques.
C'eſt par ce beau moyen que ie veux en ce iour,
Vous témoigner, Madame, vn veritable amour,
Et vous faire aduoüer que ie ne fus volage,
Qu'aſſin de vous cherir à preſent d'auantage,
Seigneur, ſi ta bonté d'aigne eſcouter mes vœux,
Accorde à Pamphilie.

PAMPHILIE.

Arreſte malheureux,
Que veux tu demander?

GENEST.

Que ſa bonté ſupréme
Sauue l'autre moitié qui reſte de moy-meſme,
Et ſouffre pour le moins qu'auparauant ma mort,
Ie luy tende la main pour la mener au port,
Si i'obſtiens deſſus vous cette illuſtre victoire,

Que son heureux effect augmentera ma gloire !
Que mon sort sera doux, que ie mouray content,
Si ie puis acheuer ce dessein important,
Ne le differons point : escoutez moy Madame.

PAMPHILIE.

Tu fais de vains efforts pour seduire mon ame.

GENEST.

Ha ! croyez seulement, & lors le Roy des Cieux
Leuera le bandeau qui vous couure les yeux,
Et vous descourira ces clartez, nompareilles,
Dont on ne sçauroit trop admirer les merueilles,
Seruez vous auiourd'huy du flambeau de la foy,
Ou s'il vous esblouit, du moins escoutez moy :
Mais examinez bien le poids de mes paroles,
Dites moy quels effects produisent vos idoles ?
Qu'ont elles icy bas iamais executé,
Qui marque leur puissance, ou leur diuinité ?
Pensez vous que des Dieux de bois, d'or ou de pierre,
Et dont l'estre est borné dans l'ombre qui l'enserre,
Des Dieux qui ne sont rien que corps inanimez,
Que la main d'vn mortel & le fer ont formez,
Ayent pu d'vne parolle en miracles feconde,
Créer l'homme, le Ciel, l'air, & la terre & l'onde,
Regler les elemens, semer d'astres les Cieux,
Faire tant de beautez qui brillent à nos yeux,
Et par tout establir cet ordre incomparable.

Qui

Qui maintient l'Vniuers & le rend admirable,
Non, non, tous ces demons tous ces Dieux impuissans,
A qui si vainement vous offrez vos encens,
N'ont iamais, quelque appuy qu'ait eu leur imposture,
Produit vn seul atosme en toute la nature,
Et cét ouurage enfin si grand & si parfaict,
De ce Dieu que i'adore est vn illustre effect,
Ouy, Madame, il en est & l'auteur & le maistre,
Ie l'ignorois tantost, il me la faict connoistre,
Et pourueu que vostre ame ayt desir de le voir,
Cette mesme faueur est en vostre pouuoir,
Ne la refusez point, ma chere Pamphilie,
Que par elle vostre ame à la mienne s'allie,
Et souffrez qu'aulourd'huy par vn si beau lien,
I'vnisse pour iamais vostre cœur & le mien,
Voyez combien pour vous mon amour est extréme,

PAMPHILIE.

Tu m'aimes.

GENEST.

      Ouy, Madame, & bien plus que moy-mesme,
Puisque pour vous sauuer & pour vous acquerir,
Quelques rudes tourmens qu'il me faille souffrir,
Quelque suplice affreux que la rage desploye,
On m'y verra courir auec beaucoup de ioye,
Pourueu que par mon sang ie vous puisse achepter,
Vn bonheur qu'auec moy vous deuez souhaiter.

Q

PAMPHILIE.
Helas!

GENEST.

Vous souspirez, ha sans doute la crainte,
Combat vostre desir, & le tient en contrainte,
Vous redoutez la mort, vn Tyran vous faict peur.

PAMPHILIE.

Non, non, ne pense pas que ie manque de cœur,
Ce souspirs qu'a produit vne sainte tendresse
Montre mon repentir, & non pas ma foiblesse,
Ie te suy, cher Amant, ie te cede & ie croy;
Ton Dieu regne en mon cœur, & triomphe de moy.
Desia de ce bonheur ie suis toute rauie,
Et regardant tes fers auec vn œil d'enuie,
Ie brule qu'vn Tyran n'ordonne à ses boureaux,
De passer en mes mains ces illustres fardeaux.
Ne pouuant les rauir qu'au moins ie les soustienne,
Ouy ces fers sont mes fers, cette chaine est la mienne,
Puisque par les effects d'vne douce rigueur,
Elle passe à present de tes mains à mon cœur.

GENEST.

Pamphilie, ô transports qui me comblez de gloire!

SCENE IV.

Diocletian. Aquillin. Rutile, Genest,
Anthenor. Aristide. Luciane.
& les Gardes.

RVTILE. à l'Empereur.

Seigneur elle a sans doute emporté la victoire,
Vne visible ioye esclatte dans ses yeux.

DIOCLETIAN. à Pamphilie.

He bien! qu'auez vous faict en faueur de nos Dieux.

PAMPHILIE.

Plus que ie ne deuois.

DIOCLETIAN.

    C'est orgueilleux peut estre,
A peine de fleschir & de se reconnoistre,
Et d'autant que vos vœux ne sont pas achéuez,
Vous dites auoir faict plus que vous ne deuez,
Il est vray qu'on fait trop pour vn esprit coupable,
Alors qu'il ne veut pas se rendre raisonnable,
Et qu'au mesme moment qu'il refuse à ceder,

Vne extréme rigueur le doit perfuader :
Mais quoy que vos raifons combattans ce rebelle,
N'ayent pas rendu fon cœur plus humble ou plus fidelle,
Je ne veux point pourtant vous defrober le prix
Que nous deuons aux foins que vous en auez pris,
Comme vous, Anthenor, Luciane, Ariftide,
Ont fait de vains efforts aupres de ce perfide,
Et i'ay rendu pourtant leur fort fi glorieux
Qu'ils ne fe plaindront pas ny de moy ny des Dieux.

ARISTIDE.

Non, Seigneur, le haut rang où nous met ta puiffance
Tefmoigne ta grandeur & ta magnificence,
Et nous ferions ingrats enuers les Dieux & toy
Si nous manquions iamais ou de zele ou de foy :
Ouy, commande, Cefar, nous fuiurons ton enuie,
Falluft-il mille fois expofer noftre vie,
Et chercher au plus fort des plus afpres combas
Parmy tes ennemis vn glorieux trefpas.
Admire auecque nous, admire Pamphilie,
Les adorables nœuds dont l'Empereur nous lie,
Son Efpargne eft pour nous prodigue de prefens,
Nous fommes honorez parmi fes Courtifans,
Et par vne bonté qu'à peine ie puis croire
Nous paffons du neant au faifte de la gloire.

PAMPHILIE.

Efclaue volontaire, & timide flateur,

Qui mesme des deffauts te rend adorateur,
I'ay honte de penser à la bassesse infame
Qui pour vn faux bonheur te fait trahir ton ame,
Au lieu de te flatter d'vn credit si puissant
N'auance qu'auec peur dans vn pas si glissant.
Aux pieds des grands Rochers sont les grands precipices,
Et souuent le regret suit de prés les delices.
Plaints au lieu d'admirer ces presents criminels,
Qui te vont procurer des malheurs eternels,
Et d'vn cœur genereux retette cette pompe
Dont le funeste esclat vous seduit & vous trompe,
Ou si tu ne peux pas detacher tes desirs
De ces honteux honneurs, de ces lasches plaisirs,
Adore si tu veux la chaine qui te lie,
Mais voicy les liens que cherit Pamphilie.
Liens que tu deurois comme moy desirer,
Et soubs qui nous serions trop heureux d'expirer.
Ouy, voila mon espoir, voila ma recompence,
Accorde les, Cesar, à mon impatience,
Et par ce beau present que tu dois à mes vœux
Tu feras plus pour moy que tu n'as fait pour eux.
Ie suis Chrestienne.

LVCIANE.

Helas!

ANTHENOR.

Le traistre l'a charmée.

R

DIOCLETIAN.

De quelle rage, ô Dieux, est mon ame enflammée!
Quoy? loing de nous seruir on se mocque de nous?
On nous ioue? on nous braue? ha! c'est trop, mon couroux,
C'est trop se retenir, lance, lance la foudre,
Frappe ces insolens, & les reduits en poudre;
Va, Rutile,

RVTILE.

Où, Seigneur,

DIOCLETIAN.

Emmener ce mutin,
Tu sçais mon ordre.

RVTILE.

Allons.

GENEST.

O trop heureux destin!
Ma Pamphilie, Adieu.

SCENE V.

Diocletian. Pamphilie. Luciane,
Anthenor. Aristide. Aquilin.

PAMPHILIE.

Quoy donc, on nous separe ?

DIOCLETIAN.

Non, non, vous le suiurez.

PAMPHILIE.

Pourquoy donc, ô Barbare !
Ne me permets-tu point d'accompagner ses pas ?
Croy-tu que tes grandeurs ayent pour moy des appas,
Non, non, ce faux bonheur flatte peu mon enuie,
Il va finir ses iours, finis aussi ma vie,
Aussi bien verras-tu, quoy qu'il faille endurer,
Que ce qu'amour a ioint ne se peut separer.

DIOCLETIAN.

Tu ferois beaucoup mieux d'implorer ma clemence.

PAMPHILIE.

Ta fureur a pour moy trop peu de violence :
Quelle raison, Tyran, en retarde l'effet ?

DIOCLETIAN.

C'est donc là ton desir? il sera satisfait,
Mais apres ce refus n'espere plus de grace,
Vn mesme sort suiura voftre commune audace,
Et puis qu'vn mesme crime a bien pû vous vnir,
Vn mesme chaftiment vous peut aussi punir.

PAMPHILIE.

Comme mesmes tourmens, nous aurons mesme gloire.

AQVILLIN.

Mais auant le combat tu chantes la victoire,
La mort aux plus hardis donne de la terreur.

PAMPHILIE.

Les lafches comme toy l'ont toufiours en horreur,
Son seul nom te fait peur, mais vn noble courage
En affronte les traicts sans changer de visage.

DIOCLETIAN.

Tu te fies peut estre au secours de ce Dieu
Qu'vn fourbe comme luy t'a promis en ce lieu:
Mais ton espoir est vain en ce peril'extreme,
Il feroit plus pour toy qu'il ne fit pour luy-mesme,
S'il t'ostoit d'vn trespas qu'il ne pût euiter
Et que de mon pouuoir tu deurois redouter.

PAM.

PAMPHILIE.

Colloſſe de boüe & d'argile,
Qu'idolatre vn peuple fragile,
Ozes-tu bien tenir ce propos criminel?
Ozes-tu meſurer ta grandeur à la ſienne,
Et ne connois-tu pas, miſerable mortel,
          Qu'il faut que ſa bonté ſouſtienne
Que ce Dieu te peut mettre en poudre dés demain
          En retirant ſa main?

Vous qu'il a faits à ſon image,
Roys qui luy rauiſſez l'hommage,
Qu'on rend à ſes Autels par vn iuſte deuoir,
Pour vn petit bandeau qui couronne vos teſtes
Oſez-vous, orgueilleux, oublier ſon pouuoir,
          Et ſans connoiſtre qui vous eſtes
Faire comparaiſon de voſtre qualité
          Auec ſa Maieſté?

Eſt-ce à vous petits Salmonées
A gouuerner les deſtinées?
Eſt-ce à vous à regir les hommes & leur ſort?
Auez vous le pouuoir de leur rendre la vie
Vous qui prenez celuy de leur donner la mort
          Pour ſatisfaire à voſtre enuie,
Et quel droit vous permet d'affermir vos projets
          Du ſang de ſes ſubjets.

S

La terre qu'il a fuſpendüe,
A telle dans ſon eſtendüe,
Des corps que voſtre voix puiſſe faire mouuoir?
Et vous qui ne ſçauriez en toute la nature,
Produire vn ſeul atoſme auec voſtre pouuoir,
   Vous deffaites ſa creature,
Tous les iours à ſes yeux vous briſez inhumains
   L'ouurage de ſes mains.

Mais le ſang qui ſe meſle aux larmes
De ceux qui tombent ſoubs tes armes
Pouſſe leurs iuſtes cris iuſqu'à ſon tribunal;
Ses ſujets oppreſſez reclament ſa iuſtice,
Et leur plainte va faire ouurir ſon arſenal
   Pour en tirer vn tel ſupplice,
Que tu ſeras contraint d'aduoüer en ce lieu
   Que luy ſeul eſt ton Dieu.

DIOCLETIAN.

Et mon iuſte couroux te fera reconnoiſtre
Que ie ſuis malgré luy ton Seigneur, & ton Maiſtre:
Deſpeſchez, Aquillin, qu'on l'ôſte promptement,
Et qu'on l'aille eſgorger aux yeux de ſon Amant.

Fin du quatrieſme Acte.

ACTE CINQVIESME

SCENE PREMIERE.

Anthenor. Luciane. Aristide.

ANTHENOR.

Sl proche d'adiouſter à tant de recompences,
L'effect de vos deſirs, & de vos eſperances,
Dans vn ſi haut degré de gloire & de faueur
Qui vous rend Ariſtide auiourd'huy ſi reſueur?
Quel ſoudain changement abat voſtre courage?
Vous regardez les Cieux vous changez de viſage,
Vous ſoupirez,

ARISTIDE.

Helas!

ANTHENOR.

A quelle occaſion,
Pouuez vous teſmoigner tant d'alteration,
Le deſtin qui vous fut autresfois ſi contraire,
N'a pour vous deſormais ny hayne, ny colere,

Et la bonté des Dieux vous la rendu ſi doux,
Que vos proſperitez produiſſent des ialoux.
Que vous manque t'il plus pour vn bonheur extreme?
L'Empereur vous cherit, Luciane vous ayme,
Et ce diuin object de vos affections
Reſpond auec ardeur à vos intentions :
Qui peut donc vous cauſer cette humeur importune,
Et qui conuient ſi mal auec voſtre fortune ?
Cher Ariſtide au moins tirez nous de ſoucy,
Obligez Antenor, & Luciane auſſi.

ARISTIDE.

Ha que cette demande eſt ridicule & vaine!
Pouuez-vous ignorer le ſujet de ma peine ?
Les traits qui m'ont bleſſé ne vous touchent-ils pas?
Voſtre Compagne, ô Dieux! eſt proche du treſpas,
Et celuy qui pour vous auoit tantoſt des charmes
L'accompagne à la mort, & vos yeux ſont ſans larmes.
O ciel, qu'vn foible effort change noſtre deſtin
S'il ne peut eſtre ferme & conſtant vn matin!
Quoy donc, braue Geneſt, & rare Pamphilie,
On vous laiſſe mourir, de plus on vous oublie!
Et par des laſchetez que ie ne puis ſouffrir
On cenſure mes pleurs quand ie vous voids perir,
Meſme on veut que mon front teſmoigne de la ioye.
Mais que plutoſt le Ciel à vos yeux me foudroye,
Et perce de ſes traits cét inſenſible cœur
Qu'on m'impute iamais vne telle rigueur.

Non

Non, non, ce cœur est grand, mais il n'est point barbare,
Et le sort des objets de qui l'on nous separe
Est trop infortuné pour ne pas arracher
Des regrets qu'ils pourroient attendre d'un Rocher.

LVCIANE.

Certes ces sentimens ont beaucoup de tendresse,
Et si ie ne me trompe encore plus d'adresse,
Puis qu'ils sçauent si bien desguiser en ce iour
D'vn masque de pitié ta feinte, & ton amour,
Mais c'est en vain ingrat que ton ame insensee
Presume me cacher le traict qui l'a blessée,
Ton alteration ne me fait que trop voir
La cause de ta flame & de ton desespoir,
Quand par des coups si grands vn cœur se sent atteindre
Il est bien malaisé de souffrir & de feindre,
La langue quelquefois peut bien dissimuler,
Mais quand elle se tait, les yeux sçauent parler,
Et le cœur trop pressé des ardeurs de sa flame
Montre par ses souspirs les blessures de l'ame.

ARISTIDE.

C'est ainsi qu'autresfois n'osant vous declarer
L'ardeur qui me faisoit sans cesse souspirer,
Mes yeux & mes transports vous firent reconnoistre
Bien mieux que mes discours que vous l'auez fait naistre.

LVCIANE.

C'est ainsi qu'autrefois tes feintes passions
Trompoient mon innocence, & mes affections,
C'est ainsi qu'autrefois Luciane abusee,
N'estoit a ton esprit qu'un objet de risee,
Cependant que ton cœur autre-part arresté
Brusloit secretement pour vne autre beauté;
Mais enfin auiourd'huy ma raison mieux reglee,
Dechire le bandeau qui m'auoit aueuglee,
Et s'il me reste encor quelque feu dans le sein,
I'en conserue l'ardeur pour vn autre dessein.
Ayme, ayme desloyal, ayme ta Pamphilie,
Suy mesme apres sa mort la chaîne qui se lie,
Et si ta lascheté n'empesche vn coup si beau,
Va, malheureux amant la rejoindre au tombeau,
Va, que differes-tu? ne croy plus me surprendre.

ARISTIDE.

Ha! Madame, escoutez.

LVCIANE.

							Ie ne te puis entendre,
Ie n'ay que trop oüy ce langage trompeur
Qui m'auoit cy-deuant mis l'amour dans le cœur,
Et qui par les effets d'vn trop visible outrage
Y produit à present le despit & la rage.
Mais suy moy, desloyal, tu verras mon projet.

Tu n'as iusques icy regretté qu'vn objet,
Tu pourras bien encore en regretter vn autre,
Tu sçais le sort de l'vn, viens apprendre le nostre:
Et si comme tu dis ton cœur est genereux
Vien par vn noble effort les imiter tous deux;
Adieu.

SCENE II.

Aristide. Anthenor.

ARISTIDE.

De quelle foudre est mon ame frappée,
Quoy donc pour vne plainte à ma bouche eschappée,
Et quelques sentimens d'vne iuste pitié
Qu'exigeoit de mon cœur vne longue amitié,
Luciane, bons Dieux, me traitte de perfide?
Attendez, belle ingratte, attendez Aristide,
Et son cœur arraché que vous blasmez à tort
Vous fera voir au moins mon amour par ma mort.
Mais ie l'appelle en vain, allons, allons la suiure,
Et la desabusons, ou bien cessons de viure.
Allons.

ANTHENOR.

Ha! moderez ce transport qui vous nuit,

Laiſſez, laiſſez paſſer ce torrent qui s'enfuit:
Son orgueil s'enfleroit par voſtre reſiſtance,
Et porteroit ſon cours à plus de violence:
Souffrez que ſa fureur ſe puiſſe repoſer,
Vous verrez ces grands flots d'eux meſmes s'appaiſer,
Et faire ſucceder à ce facheux orage
Vn calme dont l'effet vous plaira dauantage
Prouenant d'vn eſprit vaincu par la raiſon
Que par mille tranſports produits hors de ſaiſon.

ARISTIDE.

Ha! tu ne connois pas combien cette inhumaine
A l'humeur orgueilleuſe, inſenſible & hautaine,
On ne la dompte pas ainſi facilement;
Ce meſpris ſeruiroit à ſon reſſentiment,
Et luy feroit ſans doute vn certain teſmoignage
De tout ce qu'elle croit à mon deſauantage,
Allons donc auſſi bien auec cette fureur,
Ne veux-ie point paroiſtre aux yeux de l'Empereur,
Le voila, paſſons viſte.

ANTHENOR.

Allons.

SCENE

SCENE III.

Diocletian. Rutile. & suitte.

DIOCLETIAN.

Enfin, Rutile,
Les tourmens n'ont produit qu'vn effet inutile,
Et ce deſeſperé ſouffre ſans murmurer
Tout ce que ſans mourir on ſçauroit endurer?

RVTILE.

Ouy, Ceſar, il endure & braue les ſupplices,
On diroit que ſon cœur y trouue des delices,
Et qu'alors que ſon ſang coule de tous coſtez
Il nage dans vn bain parmy des voluptez.
Il n'eſt point de tourment qu'on n'ait mis en vſage,
Il les a tous ſoufferts ſans changer de viſage,
Et la flame & le fer qui l'ont ſceu dechirer,
N'ont pas pû ſeulement le faire ſouſpirer.
Son courage s'augmente, & s'accroiſt par les geſnes,
Les boureaux plus que luy ſont touchez de ſes peines,
Et tandis que chacun plaint ou pleure ſon ſort,
Luy ſeul void ſans trembler l'appareil de ſa mort.

DIOCLETIAN.

Sans doute il s'eſt muny de la force des charmes :

V

Mais qu'a fait Pamphilie en ses tristes alarmes?

RVTILE.

Te le pourray-ie dire, & pourras-tu l'ouïr?
Il faut ou te desplaire, ou te desobeïr :
Et ie crains, ô Cesar, que mon obeïssance
Ne soit contrainte icy de commettre vne offence,
Si ma bouche te fait le recit ennuyeux
D'vn spectacle ou i'ay peine à bien croire mes yeux:
Pourtant puis qu'il te plaist, escoute vne aduanture
Inouye & nouuelle à toute la nature,
Suiuant l'ordre & l'arrest par toy-mesme donnez,
Desia nos criminels au suplice menez,
Et suiuis des boureaux & de la populace,
Estoient l'vn deuant l'autre exposez sur la place,
Quand Genest destournant ses yeux de toutes parts,
A dessus Pamphilie arresté ses regards,
Qui sans estre troublée, & sans parestre emeuë,
A mutuellement sur luy iette la veuë:
Ces muets truchemens des esprits plus adroits,
Ayant faict quelque temps l'office de leurs voix,
Ont fait tréue à la fin & permis à leur langue
De proferer tout haut ceste triste harangue,
Voids, a dit Pamphilie, ô merueilleux vainqueur,
Voids, ô mon cher Amant, si ie manque de cœur,
Si proche du trespas regarde si ie tremble.
Non, non, ie ne crains rien, mourons, mourons ensemble,
Et puis qu'vn sainct Hymen nous doit ioindre là haut,

V

Que noſtre ſang, verſé ſur ce cher eſchaffaut
En ſigne les accords, & ſoit le premier gage
Que nous aurons donné de noſtre mariage.
Ces fers nous tiendront lieu de ioyaux precieux,
Ce funebre appareil de lit delicieux,
Les boureaux d'Officiers, & toute l'aſſiſtance
De pompe, d'ornement, & de magnificence.
A ces mots ſon amant d'vn viſage ſerain,
A reparty des yeux, & luy tendant la main,
A fait connoiſtre aſſez qu'il auoit agreable
De ce ſuperbe obiet la conſtance admirable,
Enfin eſtans tous deux en eſtat de ſouffrir,
On les void à l'enuy l'vn & l'autre s'offrir,
Et comme en vn combat plein d'honneur & de gloire
Se diſputer tous deux cette triſte victoire,
Dont le ſanglant effet eſtonne les eſprits,
Et de qui le treſpas eſt la fin & le prix,
D'abord pour effrayer cette ieune arrogante,
L'executeur en main prend vne torche ardente,
Et ſur Geneſt enfin commençant ſes efforts
Fait agir ſans pitié, la flame ſur ſon corps,
Le feu court, & produit vn effet pitoyable
Il touche tout le monde horſmis ce miſerable,
Qui d'vne viue ardeur à demy conſumé
Semble au lieu d'en mourir en paroiſtre animé
Nous reſtons tous confus, le boureau perd courage.

DIOCLETIAN

Et ie creue en mon cœur de despit & de rage,
Que de mes propres mains ne la puis-ie estouffer.

RVTILE.

Alors apres la flame on a recours au fer,
A coups d'ongles d'acier vn Soldat le dechire,
Le sang iallis à flots sur celuy qui le tire,
Mais la mesme couleur dont chaque objet rougit
Sur le peuple estonné differemment agit.
Quelques-vns de pitié sentent leur ame atteinte,
Les autres sont touchez ou d'horreur, ou de crainte,
Et parmi tant de gens interdits à ce point,
Le coupable est le seul qui ne s'en émeut point,
Voyant de ce costé nos ordonnances vaines,
Nous exposons l'ingrat à de nouuelles peines,
Et pour le tourmenter auec plus de rigueur,
Nous cherchons par ses yeux le chemin de son cœur.
Mais inutilement nous tentons cette voye,
Comme luy Pamphilie en tressaille de ioye,
Et voyant approcher les bourreaux sans horreur,
Tasche par ses discours d'exciter leur fureur,
On diroit que d'abord cette beauté les charme,
Que malgré leur rigueur sa grace les desarme,
Et que ce fier orgueil qu'on void en son aspect,
Loing de les irriter leur donne du respect.
Toutesfois leur deuoir ou ma voix les anime,

Et de leur deité faisant une victime,
L'un d'eux hausse le bras, & d'un soudain effort
Acheue en un moment & sa vie, & son sort.
Genest s'impatiente, & brule de la suiure,
Il dit que de ses maux le plus grand est de viure,
Et ie crois, ô Cesar, qu'il n'en faut pas douter:
Mais d'ailleurs s'il ne meurt il est à redouter,
Et ie crains que le peuple esmeu de sa constance,
Ne se porte à la fin à quelque violence,
Voila l'occasion qui me rameine icy.

DIOCLETIAN.

Retourne, & sur le champ qu'on l'expedie aussi,
Deliure promptement Rome de cette peste
Auant qu'à nos Estats, elle soit plus funeste.
Va.

RVTILE.

Iobey, Seigneur.

SCENE IV.

Diocletian & suitte.

DIOCLETIAN.

Quoy donc ces enragez

Ayment mieux eſtre enſemble en public eſgorgez,
Que d'adorer nos Dieux, que d'implorer ma grace,
Et parmy les douceurs d'vne heureuſe bonace
Viure dans les plaiſirs, les honneurs, & les biens?
Ha! Dieux, quelle fureur agite les Chreſtiens?
Ils reſpandent leur ſang, ils prodiguent leur vie,
Et dez qu'vn faux eſpoir a charmé ces impies,
Il n'eſt point de ſupplice, il n'eſt point de tourment
Qui les puiſſe tirer de leur aueuglement.
Si faut-il toutesfois ou dompter leur audace,
Ou iuſques au dernier en eſteindre la race.
Mais que veut Aquillin? il paroiſt tout eſmeu.

SCENE V.

Diocletian. Aquillin. & ſuitte.

AQVILLIN.

Ceſar, ie ſuis confus apres ce que i'ay veu.

DIOCLETIAN,

Qu'eſt-ce donc? parle-toſt, qu'eſt-ce que tu conſultes?
Les Chreſtiens ont-ils fait naiſtre quelques tumultes?
Quelques ſeditieux ſe ſont-ils reuoltez,
Au meſpris de mon ordre & de mes volontez?
Parle, ne me tiens pas plus long-temps en balance.

A QVILLIN.

Non, Seigneur, tout le peuple ayme ou craint ta puissance,
Et la peur du trespas, ou le respect des Dieux,
Tiendra dans le deuoir les plus audacieux.
Aussi n'est-ce pas la le sujet qui me trouble,
Mais un triste accident.

DIOCLETIAN.

Quel? ma crainte redouble,
Ie tremble en mesme temps, & brusle de sçauoir
Quels estranges malheurs te peuuent esmouuoir.

A QVILLIN.

Rends le calme à tes sens, & bannis cette crainte
Dont icy sans sujet ta belle ame est atteinte:
Ce que i'ay veu, Cesar, me touche au dernier point,
Mais ce triste accident ne te regarde point.
Si la compassion peut estre ne s'engage
A plaindre comme moy, ceux qu'vn excez de rage
Dans le Tibre à mes yeux vient de faire perir,
Sans que iamais aucun les ait pû secourir.
Apres auoir conduit Pamphilie à la place
Où son trespas deuoit expier son audace,
Ie retournois icy quand i'ay veu deuant moy
Vn spectacle d'horreur, de tendresse & d'effroy.
De quelque desplaisir Luciane blessee
S'est du plus haut du pont dans le Tybre eslancee,

Où sont corps quelque temps roulans au gré des flots,
A fait quoy que tout mort naistre à autres complots,
Aristide voyant par un malheur extreme,
Perir ce qu'il aymoit à l'esgal de soy-mesme,
Veut suiure son destin, & par un mesme effort,
Chercher dessoubs les eaux une pareille mort,
Anthenor qui preuoit un proiet si funeste,
Oppose à sa fureur la vigueur qui luy reste,
Mais comme elle est plus forte en un corps furieux,
Le desespoir d'un seul les emporte tous deux,
Attachez l'vn à l'autre ils tombent soubs les ondes,
Leur cheute fait ouurir leurs entrailles profondes,
Qui les ayant trois fois & rendus & repris,
Pour iamais à la fin estouffent leurs esprits,
Voila ce que i'ay veü, iuge s'il est possible
De voir un tel malheur & paroistre insensible,
Non Cesar, & quiconque a du cœur & des yeux
Ne void point sans pitié ces coups prodigieux.

DIOCLETIAN.

Ie l'aduoüe qu'vne loy vn si estrange aduenture
Auroit esté sensible à l'ame la plus dure,
Et le cœur d'vn barbare en cette occasion,
Eust eu tes sentimens, & ta compassion,
Mais oublie, Aquillin, vne pitié si tendre,
Dont pour quelques suiets tu n'as pu te deffendre,
Et reserue ta voix, tes souspirs, & tes pleurs,
A plaindre desormais l'excez des mes malheurs,

Ouy

Ouy, ouy garde à mon sort ta pitié toute entiere,
Elle ne peut auoir de plus ample matiere:
Puis que ceux que le ciel uoid d'un œil rigoureux,
Peuuent au prix de moy se reputer heureux.
Ouy, malgré mes grandeurs & les pompes de Rome,
Je connois, Aquillin, enfin que ie suis homme:
Mais homme abandonné, mais un homme odieux,
Mais un homme à horreur des hommes & des Dieux.

AQVILLIN.

Que dites-vous, Seigneur, quelle douleur si forte
Peut si soudainement uous troubler de la sorte?
Tout vous craint, tout uous flechit, tout reuere uos loix,
Et seul vous commandez à la Reyne des Roys,
Chassez donc la frayeur dont uostre ame est atteinte,
Le trosne est vray, là où ne va pas la crainte
Tout le monde sur vous ayant les yeux ouuers
Vous ne sçauriez perir qu'auec tout l'Vniuers.

DIOCLETIAN.

Há! que pour me guerir du mal qui me possede,
Un langage flatteur est un foible remede,
Et que pour m'arracher aux douleurs que ie sens,
Les soins de mes sujets sont des soins impuissans,
En vain ie porte un sceptre, en vain une couronne,
En vain un monde entier me suit & m'enuironne:
En vain ie suis Monarque & Monarque vainqueur,
Si tous mes ennemis sont déja dans mon cœur.

Y

Si ie sens en mon ame vne guerre si cruelle,
Si ie me suis moy-mesme & moy-mesme si belle,
Et si par tout enfin ie traine auecque moy
L'horreur, le desespoir, le remords & l'effroy,
Tout me paroix fatal, tout me semble funeste,
Le iour trouble esclaire l'air infecté de peste,
Le ciel rouge de feux, & la terre de sang,
Le Soleil sans lumiere & rouy de son rang.
O Dieux! ne vois-tu pas ces fantosmes terribles
Qui font autour de moy des hurlemens horribles?
Entends-tu comme moy les longs gemissemens
Dont les tristes accens troublent mes sentimens?
O rage, ô desespoir, ô douleur qui me tuë,
Mais quel astre nouueau brille dans cette nuë?
Quelle diuinité plus belle que le iour
Daigne encore esclairer ce funeste seiour?
Ha! ma douleur s'appaise & ma frayeur s'oublie,
O ciel ie vois Genest auecque Pamphilie
De mille beaux obiets tous deux enuironnez,
Tous deux la palme en main, & tous deux couronnez.
Cheres ombres, pardon, & du ciel ou vous estes
Calmez de mon esprit les horribles tempestes.
Ie fus en vostre endroit cruel & furieux,
Mais ie vous vay ranger au nombre de nos dieux
Ie vay vous esleuer d'illustres mausolees
Qui toucheront du faistre aux voultes estoilees
Et seruiront de marque aux siecles à venir
Et de vostre innocence & de mon repentir.

Mais, helas! tout à coup ces clartez, disparoiſſent,
Mon deſeſpoir reuient, & mes craintes renaiſſent:
O Dieux, iniuſtes Dieux, qui voyez mes ennuis,
Qui voyez mes tourmens, & l'horreur où ie ſuis,
Moderez, inhumains, les douleurs que i'endure,
I'ay vangé vos autels, i'ay vangé voſtre iniure,
Et ſi vous ne voulez qu'on vous croye impuiſſans,
Vous deuez appaiſer les tourmens que ie ſens.
Mais s'il faut, Dieux ingrats, enfin que ie periſſe,
Acheuez vos rigueurs, & haſtez mon ſupplice.

F I N.